Palabras que debemos aprender antes de leer

anota

base

campeonato

jardines

liga

plato

www.rourkepublishing.com

Edición: Luana K. Mitten
Ilustración: Bob Reese
Composición y dirección de arte: Renee Brady
Traducción: Yanitzia Canetti
Adaptación, edición y producción de la versión en español de Cambridge BrickHouse, Inc.

ISBN 978-1-61810-526-4 (Soft cover - Spanish)

Rourke Publishing
Printed in the United States of America,
North Mankato, Minnesota

www.rourkepublishing.com - rourke@rourkepublishing.com
Post Office Box 643328 Vero Beach, Florida 32964

¿Está Ulula en primera?

Holly Karapetkova

ilustrado por Bob Reese

Hoy es el gran juego. Los Animales del Bosque juegan contra Los Animales del Pantano por el Campeonato de la Liga Menor.

La lechuza Ulula y el castor Casimiro juegan para Los Animales del Bosque. Ulula juega en primera base. Casimiro juega en los jardines. A ellos les encanta el béisbol.

Los Animales del Pantano parecen buenos.

—¿Crees que podamos ganar, Ulula? —pregunta la osa Melosa. Melosa es la lanzadora de Los Animales del Bosque.

—No sé —dice Ulula—. Los Animales del Pantano son buenos, pero nosotros también.

Es hora de empezar el juego. Melosa lanza la primera bola. ¡Es una bola buena!

Al final del juego, Los Animales del Bosque y Los Animales del Pantano están empatados una a una. Ulula está al bate. ¡Pump! Batea la bola. ¡Ulula está en primera!

Ahora Casimiro está al bate. Batea la bola y corre a primera. ¡Ulula está en segunda!

Finalmente, le toca el turno a Melosa. Ella le da duro a la bola. Ulula corre a tercera base. Luego corre hasta el plato. ¡Ulula anota! Los Animales del Bosque ganan el campeonato.

—¡Felicidades! —dicen Los Animales del Pantano—. Ustedes son REALMENTE buenos.

—Al igual que ustedes, que jugaron muy bien —dice Ulula.

Actividades después de la lectura

El cuento y tú...

¿Qué equipos están jugando béisbol?

¿Quién anota la carrera ganadora?

¿Cómo muestran los ganadores su buen espíritu deportivo al final del juego? ¿Cómo muestran los perdedores su buen espíritu deportivo?

Comenta cómo puedes demostrar tu buen espíritu deportivo en el patio de recreo de tu escuela.

Palabras que aprendiste...

Las siguienes palabras están relacionadas con el juego de béisbol pero también tienen otro significado. Elige tres palabras y escribe oraciones para ilustrar ambos significados.

anota	empatados	plato
base	jardines	primera
campeonato	Liga	segunda

Podrías... planear un juego en tu escuela.

- Decide qué juego vas a organizar.
- ¿Cuáles son las reglas para jugar este juego?
- ¿A quién invitarás para que juegue este juego contigo?
- Decide quién estará en cada equipo.
- ¿Cómo llevarás la puntuación de cada equipo?

Acerca de la autora

Holly Karapetkova vive en Arlington, Virginia, con su familia y sus dos perros. Le gusta ver a su hijo jugar béisbol, y le encanta escribir libros para niños.

Acerca del ilustrador

Bob Reese comenzó su carrera en el arte a los 17 años, trabajando para Walt Disney. Entre sus proyectos están la animación de las películas *Sleeping Beauty*, *The Sword and the Stone* y *Paul Bunyan*. Trabajó además para Bob Clampett y Hanna Barbera Studios. Reside en Utah y disfruta pasar tiempo con sus dos hijas, sus cinco nietos y un gato llamado Venus.